비탈에 선 꽃에게

예술가시선 20

비탈에 선 꽃에게

초판 1쇄 발행 2019년 10월 1일

저　자　임봉주
발행인　한영예
편　집　지 금
디자인　이길한
펴낸곳　예술가

주　소　서울특별시 송파구 문정로13길 15-17, 201호
등　록　제2014-000085호
전　화　010-3268-3327
인　쇄　아람문화
전자우편　kuenstler1@naver.com

ⓒ 임봉주, 2019
ISBN 9791187081142(03810)

이 도서의 국립중앙도서관 출판예정도서목록(CIP)은 서지정보유통지
원시스템 홈페이지(http://seoji.nl.go.kr)와 국가자료공동목록시스템
(http://www.nl.go.kr/kolisnet)에서 이용하실 수 있습니다. (CIP제어
번호 : CIP2019035367)

비탈에 선 꽃에게

임봉주 시집

2019

詩人의 말

되돌아보면
바람 심한 날들이 많았습니다
삶의 뒤안길에 찍힌
발자국들 모아 엮었습니다
오래 가슴에 묻어 둔 사연입니다.
인연 따라 왔다 가는 세월
늘 번민과 애련에 흔들렸습니다
이제 다 내려놓고
민들레 홀씨처럼 가벼워질까 합니다

2019년 가을
임봉주

비탈에 선 꽃에게

차례

詩人의 말

아픔의 계절 제1부

모색의 계절 제2부

회심의 계절 제3부

제1부

아픔의 계절

저것은
늘 닿을 수 없는 곳 향하여
그리움 날려 파닥거리는

너와 나
어찌할 수 없는 아픈 상련

꽃샘바람

바람 어지러이 나부끼는 날
이 마음 둘 곳 없는 심사에
집 밖으로 나서자
허수히 나풀거리는 심상心象 하나
허공을 맴돌다
골목길 목련 꽃송이 흔들다
전봇대 전깃줄에 걸려
표표히 나부끼고
뜻 모를 애수가 가슴을 적신다

바람, 바람
우-우- 휘도는 바람
세상이 들썩거리는 바람이어라
정처 없이 떠도는 몸
갈 길 잃은 심상 하나
뿌옇게 피는 바람꽃 따라 휘날린다

깊은 절

내 가슴에 오래된 절 하나 있습니다

심원사 대웅전 돌난간 붙잡고
석련아 말이 없구나
나처럼
풍경소리 따라
떠나보낸 맘 점점 깊어가
말이 없구나

이끼 낀 석등 떠받치고
석련아 낯빛 어둡구나
나처럼
오랜 세월 풍상에 씻긴 석련
환한 미소 머금고 생화로 봉긋 필 날
천년 염원하면 볼 수 있을까

비탈에 선 꽃에게

6월이면 들꽃 피어나
금계국, 패랭이, 기생초, 수레국화
잡초 우거진 틈새로 고개 내밀고
하늬바람에 소소히 흔들린다
펀펀한 들판도 아닌
안온한 숲 속도 아닌
하늘도시* 변두리 산자락 싹둑 잘린 비탈진 곳
위태롭고 척박한 땅에서도 꿋꿋이 피어
생명의 경이로움 노래하고 있다
마음 허전한 날이면
아무도 모르게 너희를 찾아가
마음 달래보고
너희에게도 응원 보내는 걸 알까
바람결에 흔들리는 꽃을 보고 있노라면
왜 그런지
아득히 먼 하늘로부터 전해 와
눈가에 촉촉이 젖어드는 이슬방울

* 영종하늘도시

아파트의 새

허공에 둥지를 매달고 살아가는
목이 긴 새가 된
우리, 때때로
흙이 그립고
싱그러운 꽃향기 그리워
나래 접어 땅에 내려 보지만
아스팔트 거리에는
지친 문명의 잔해들 어지러이 널려있고
어디에도 뵈지 않는 황토색 땅
고향은 찔레꽃 향기 풋풋한 강촌이어도
이제는 되돌아갈 수 없는
아파트 공간에 길들여진 새
외출 후 귀가 때
늘 추억의 부스러기 입에 물고
허공에 매달린 둥지로 돌아와
말없이 서성거린다

바다의 소리

입춘 무렵
을왕리 바닷가에 나가보라
하늘과 맞붙은 아득한 수평선을
바라보라
겨우내 암회색으로 까칠하게 변한 바다
끊임없이 파도를 일으키고 밀려드는
저 억겁의 세월 동안 참고 견디어 온
억센 야성의 바다
때론 외로움에 지쳐서
어깨를 들먹거리며 속울음 우는 바다
꽁~꽁
쩌엉~쩌엉
바다 깊은 곳 어디 얼음장 깨지는 소리,
아픔 갈라 터지는 소리 내달려 와
망부석으로 서 있는 가슴팍에 꽂힌다

흐름 앞에서

열아홉에 어머니 잃고 땅이 꺼졌다
스물여섯에 아버지 잃고 하늘이 무너졌다
허무의 깊은 벼랑으로 굴러떨어졌다
서른다섯에 나뭇가지 찢어지듯
막내 동생이 세상 떠났다
뒤늦게 찾아온 행복도 잠시
지천명에 가파른 고갯길 올라가다
또다시 평온은 깨지고 아늑하던 둥지
송두리째 폭풍에 날아갔다
이제 더 잃을 것도 없는 세상
삶은 무엇이고
죽음은 무엇이란 말인가
되돌릴 수 없는 시네라마 필름처럼
존재하는 모든 것 데리고
무한 우주 시공으로 휩쓸려 소멸하는 세월
시간의 모래 위에 찍힌 발자국처럼
스러지는 기억들
나의 삶 그리고 이 세상이란

어디서 왔다 어디로 가는 것인가

바람에게 길 묻다

힘겹게 걸어온 길
육십 고갯마루에서 바람에게 묻는다
'너 마흔을 넘기지 못하리라'
주문 읊조리며
청춘 시절부터 따라다니던
검은 그림자의 정체는 무엇이었든가
바람이 불면 흔들리던 마음
허무의 심연에 빠져 허우적거리던 영혼
뵈지 않는 길 찾아 방황하던 시절
미루나무 잎새에 매달려 나부끼던 애련한 마음
늘 가슴 한구석 차지했던 빈 공간
그것들은 다 무엇이었든가
이순耳順의 문턱에서 바람에게 묻는다
날 여기까지 이끌고 온 바람아
생애 수많은 날들 고뇌하게 했던 그
진실은 무엇이었든가

벌판에 선 나무

내 가슴 들판에 커다란 노거수 한 그루
바람 심하게 나부끼는 날
그 느티나무 아래 가면 느티나무는
주문呪文 외듯 말한다
나의 우울, 나의 고독, 나의 번민 그것은
나의 것
어느 누구의 탓으로 돌리지 말자
하늘이 부연한 나의 길
비바람 들판에 서 있는 나무는 되뇐다
폭풍우 견디자
눈보라 치는 한파 견디자
때로 미풍의 날도 있지 않느냐
때로 별이 빛나는 밤도 있지 않느냐
나의 생은 나의 몫
무소의 뿔처럼 나의 길 가자
한 그루 느티나무 스스로를 다독이고 달랜다

초겨울 정경

털갈이 끝난 문학산 산등성이
갈기를 곧추세운
다갈색 준마駿馬의 기상

산 중턱에 띠 두른 안개
저무는 계절 따라
묵묵히 가슴팍으로 스며드는데

수만 갈래 촉수 내밀어
막막한 창공을 모색하는 나목들의
어우러진 손짓

저것은
늘 닿을 수 없는 곳 향하여
그리움 날려 파닥거리는

너와 나
어찌할 수 없는 아픈 상련

나의 그림자

세월은 가도
변하지 않는 것 하나
나의 그림자
덧없는 세월과 더불어
외로움의 키는 자꾸 자라
손닿을 수 없는 높이까지 자라
수많은 날 비바람에 씻기어도
변하지 않는 것 하나
허랑한 내 모습의 그림자
저문 강가에서
오지 않을 구원의 증표 기다리다
홀로 야위어 가
끝내 그림자마저 사그라질
풍파에 흔들리는 나의 그림자

각하용

용궁사 입구 푯돌에
음각으로 새겨진 각하용覺何用 세 글자
깨우쳐 어디에 쓰시렵니까
그 의미 독파하려고
푯돌 가슴팍 밀고 들어가
희미한 빛으로 찬찬히 더듬어 보니
새겨진 문구
부처님 믿어 어디 쓰시렵니까
부자 되어 그 돈 어디 쓰시렵니까
촌철살인 한 구절
시를 써 어디 쓰시렵니까?
정곡을 찌르는 이 질문
부지불식 가슴 깊이 꽂혔다
화살 빼내려면
참구하고 또 참구하고 길소처럼
평생 짊어지고 다니며 되새김질해야 한다

파도

억만 세월 앓아온 가슴

달래도 달래도 못 삭일 사연이기에

하늘과 맞닿은 아득한 수평선 너머

끝없는 해역으로부터

밤낮없이 내달려 와

무심한 해변을 물어뜯고, 할퀴고, 나뒹굴고

하얗게 거품 물고 으스러지는 파도야

쉴 새 없이 달려와 몸 던져 쓰러지는 외로움

뭍인들 알까, 모를까

장대비

찜통더위를 식히려
집 밖으로 나왔습니다
먹구름 몰려와 하늘 시커멓더니
장대비가 억수로 퍼붓기 시작합니다
세찬 빗줄기는 온몸을 흠뻑 적시고 맙니다
뿌옇게 피는 비안개
빗줄기 속 하염없이 걷습니다
매운 회초리 되어 후려치는 빗줄기
미뤄 온 매 흠씬 두들겨 맞으니
마음 저 밑바닥에서부터 후련하고 맑아집니다
묵은 상념의 찌꺼기들이 빗방울과 함께
떠내려갑니다
고달픈 이여, 다 짐 지지 못 할 번뇌로
마음 혼란스러울 땐
장대비 속을 하냥 걸어 보십시오

벼랑에 서다

외나무다리에서
꽃 한 송이 들고 있는 자여
절벽 밑 골짜기 보지 마세요
계곡엔 죽음의 유령이 손짓하지요
저주와 파멸의 괴물들이 우글거리지요
한 발짝 잘못 내딛거나
눈을 감으면 아득히 추락하고 말지요
꽃만 보고 걸으세요
어둠 그 반대쪽 보고 걸으면
꽃 피고 새들이 노래하고 있지요
빛과 어둠이 갈리는 외나무다리에서
난, 오늘도 애써 빛을 향해 걸어간다

이별할 때

네가 어느 날
소리 없이 다가와
내 창문을 두드렸듯이
떠날 때는 소리 없이 떠나렴
펑펑 눈 내리던 밤 눈이 그치듯
내 뜨락을 밝히던 달빛 기울듯이
가는 줄 모르게
소문 없이 떠나렴
너무 요란하지 않게
너무 아픔 남기지 말고
나의 노래가 빛 잃은 그날에
수줍던 신부가 밤봇짐 싸 떠나듯
이별 때는 흔적 없이 떠나렴
나의 시여. 영혼의 연인이여

화엄의 길

화엄으로 가는 길
오솔길이다
화엄으로 가는 길
곳곳 잡초 어우러진 길 없는 길
화엄의 길은
발걸음마다 버려야 오를 수 있는 길
끝내 나를 버려야 오를 수 있는 길
선재동자가 깨달음 얻기 위해
불타는 칼산지옥에 몸 내던지듯
영혼 오롯이 바쳐야 오를 수 있는 길
그 길은 산속 절에만 있는 것 아니다
그 길은 시장 바닥에만 있는 것 아니다
화엄의 길은 갈구하는 중생들 가슴속에 나 있다

그리움은 물결처럼

그대 안부가
몹시 궁금한 오늘

종일, 그리움이
여울져 흐르고

생가슴 멍울멍울
아픔 맺혀 흐르고

허공에 파문 그리며
나래 저으며

하염없이 날아간다

분신

꿈속에 당신
이별의 손 흔들어
눈물마저 마르더니
간밤에 소복이 눈 쌓이고
종일
그리움이 여울져 흐른다

당신 사는 하늘 향해
애달픔이 깃을 펴 날고, 날아가고
당신 안부가 몹시 그리워지는 날
나는 안다
당신은 나의 분신임을

시린 사랑

마음과 영혼까지 바쳐 사랑하면서도
그대 온전히 내 것일 수 없는
견우와 직녀처럼
그리움의 강을 건너야 만날 수 있는 우리
만나면 곧 얼굴만 보고 헤어져야 하지
우리 전생에 어떤 사랑 죄업 지었기에
이토록 아프고 시린 가시밭길 가야 하는가
저 미루나무에 둥지 틀고 사는 까치처럼
예쁘게 오순도순 살아가는 참새처럼
우리는 왜 한 지붕 아래
알콩달콩 살아갈 수 없는가
무심한 세월은 쏜살같이 지나가
소멸해 버리는데

겨울밤

세월이 할퀴고 가는 소리
낙엽이 흩어져 나뒹구는 소리
스산한 밤 골목길 휘도는 바람 소리
아픈 영혼이 아린 가슴을 부여안고
절뚝절뚝 골목길 헤매는 발자국 소리

미루나무 노래

바람 부는 날
미루나무 쳐다보면

달, 달, 달 도리질하는
미루나무의 잎새들

내 몸도 휘날리는 미루나무 따라

못다 한 그리움
애타는 몸부림으로 날려 보낸다

바람 부는 날
미루나무 아래 가면

내 혼신이 휘어지며 나부끼는
미루나무 가지 끝에 이파리 되어

진불암 가는 길

30년 세월은 간데없네
숲은 옛 그대로인데
진불암에 은거하던
고훈 스님은 가신 곳 없네
절은 고즈넉하고
두륜산 휘도는 바람 소리는
쑤우우- 우우- 옛 그대로인데
산길에 가랑잎 바스락거리는 소리는
발걸음마다 뒤따라오고
진불암 가는 길 상록수림은
한겨울에도 푸르고 푸르러서
파란 하늘 자맥질하며 옛 그대로인데

미황사에 가면

미황사에 가면
천년도 넘게 사는 자라가 있다
미황사에 가면
천년도 넘게 사는 게가 있다
미황사에 가면
천년도 넘게 사는 문어가 있다
땅끝에서 기어 온 보살들
세월이 녹슬고 있는 주춧돌 붙잡고
천년도 넘게 찰싹 붙어서
퇴락해 가는 대들보 온몸으로 떠받치고 있다
금인의 그림자 보이지 않는데
검은 소의 울음소리 들리지 않는데
달마산자락 병풍 삼아
단청 입히지 않은 대웅전 맨얼굴이 너무 고와라
석양빛 받아 황금빛 고찰古刹로 피어나는 미황사

선운사에서

선운사 대웅전 뒤뜰
키 수십 척
늙은 땡감나무 두 그루
홍시가 철 잃고
주렁주렁 파란 하늘로 매달렸다
요란을 떠는 직박구리
홍시를 쪼다 숲으로 날아가고
집채만큼 커다란 동백나무에서
푸르륵 ~ 동박새 몇 마리 잽싸게
땡감나무로 날아들어 홍시를 쪼더니
다시 동백나무 숲으로 쪼르르
줄지어 사라진다
아직 1월, 열여섯 젖멍울 부푼
동백꽃 봉오리 채 영글지 않았지만
절간의 묵묵한 보살행
음미하고 돌아서는 내 발길은 가뿐하다

제2부

모색의 계절

겨울 숲은 말한다
말 없는 말
화려한 색채의 옷 벗고
벌거벗은 진실을 말한다

불새처럼

그리움에 불면의 밤 지새우지 않은 자
그리움이라 말하지 말자
그리움으로 울컥 치미는 눈물 감추어 보지 않은 자
그리움이라 말하지 말자
그리움으로 가슴 먹먹해져 그만
일손 놓고 우두커니 빈 하늘 쳐다보지 않은 자
그리움이라 말하지 말자
우리 전생에 어느 별에서 못다 한 인연이기에
지구라는 낯선 별에 떨어져 다시 또
그리움의 응어리 안고 살아야 하나
곁에 둔 꽃처럼 늘 다정히 눈길 보내지 못하고
네가 살아가는 하늘 향해
먼 이곳에서
그리움의 날개를 끝없이 파닥거려야 하나
가슴이 멍든 하얀 불새처럼

회한

세상의 종말
갑자기 먹구름 천둥 번개로
하늘 가르며 온다 하기로
나, 두려울 것 없으나
왠지 가슴속에 남아 있는 회한 하나
끝내 이루지 못한
아픈 사람의 상처 같은 것
선한 눈물 한 방울이야 어찌 없으랴
하지만 울지는 않으리
모든 것 체념한 채로
미련도 없이 최후의 순간에 임하리
대낮에 먹구름 뒤덮고 천둥 치며 올 그날
비바람에 흔들리는 초목처럼
애련에 떨 마음 하나

보석과 돌

당신에게는
말 못 할 고통의 응어리 있군요
시를 쓰세요
당신에게는
숨겨진 그리움의 멍울 있군요
시를 쓰세요
당신에게는
깊은 곳 불타는 분노가 있군요
시를 쓰세요
당신에게는
가슴 저미는 슬픔이 있군요
시를 쓰세요
당신에게는 출구 없는 고독이 있군요
시를 쓰세요

아픔의 돌덩어리
달빛에, 옹달샘에 비춰보며 갈고 닦으면
눈부신 보석이 탄생하지요

종소리와 동그라미

송도 앞바다를 배경으로
석양빛에 물드는 흥륜사
목탁 소리는 동그라미 그리며
파란 허공으로 스러진다
은은한 범종 소리도 둥그렇게 구르며
아득히 먼 우주로 퍼져 나간다
목탁 소리는 왜 동그라미 그리다 스러질까
범종 소리는 왜 둥그렇게 구르며 먼 우주로
퍼져 나갈까
종소리 끝까지 따라가면 수미산須彌山 도리천쯤
다다를까
소리 따라 흐르는 마음 하염없이 흘러간다

별밤

순정이 몹시 그리우면
고향으로 가자
동네 한 바퀴 지난날 추억들
고스란히 남아 있어
밤하늘에 장대 들고 따오던 별사탕
아직도 주렁주렁 매달려 있어
푸른 하늘에 은하수 강 흐르며
아이들 다 떠나 버린 고향
적적한 밤하늘 지키고 있어
허물어진 돌담 아래엔
수선화도 노랑노랑 아기별 수놓고 있어
별이 쏟아지는 밤 그리워지면
악착스런 일상 홀홀 벗어 버리고
흙냄새 물씬 나는 고향으로 달려가
그리움에 젖은 별 한아름 안고 뒹굴어 보자

겨울 카네이션

한겨울
청량산 남쪽 등산로
양지바른 산자락에 자리 잡은
아늑한 묘역의 풍경
둥그런 봉분 앞에 다소곳 놓인 카네이션
올겨울에도 소복이 쌓인 눈밭에 어김없이 피었다
등산길 오갈 때마다 꽂히는 상념
'그립고 그리운 마음
지울 수 없어
당신 곁에 두고 갑니다'
누구일까?
구곡간장 깊은 계곡의 꽃 꺾어서
해마다 눈 덮인 봉분 앞에 살며시 놓고 간
애틋한 그 뜻은

대지에 어둠이 내리면

대지에 내리는 어둠이란
이 세상 만물들에게 내리는 크나큰 안식
하루의 피곤한 영혼을 잠들게 하고
고요와 평화가 깃들게 한다
대지에 내리는 어둠이 없다면
인간과 만물들에게
이 세상이란 얼마나 힘들고 삭막하기만 하랴
어둠이 내리므로 하루가 기우는 걸 알고
오염되지 않은 새날을 기약하며
안식의 잠을 청할 수 있는 것
대지에 내리는 어둠이란
이 세상 만물들에게 내리는
크나큰 축복인 것

연꽃 한 송이

연꽃이 좋아
호젓한 연꽃이고자 한다
서리 받아 피는 연꽃이고자 한다
얼음덩어리 속 박힌 영롱한 연꽃이고자 한다
장미가 사랑스럽다 하나
나의 길 아니라
장미에게 화려한 장미의 길
백합이 고결하다 하나
나의 길 아니라
백합에게 고고한 백합의 길
난, 진흙탕에서
온갖 풍파 겪으면서 피어나
우아한 모습 지켜 온 연꽃이 좋아
가슴에 연꽃 한 송이 키우며 살아간다

청량산 진달래꽃

봄이 오면
함께 오르던 청량산
병약한 몸이라 숨차고 힘들어
산기슭 정자에서 쉬었다
그냥 내려오곤 했던 이 길
한 해가 가고
또 한 해가 바뀌고
지난겨울 추위도 물러가고
봄날은 어김없이 오는데
멍울멍울 맺힌 진달래 꽃봉오리
당신 모습으로 아른아른 다가오는데
들꽃처럼 피었다
떨어지는 꽃잎 따라 훌쩍 가버린 사람

샛강에서

갈대도 서걱서걱 우네
물새도 끼룩끼룩 우네
어둠이 내리고
달이 뜨고
별빛이 반짝일 때도
슬픔은 출렁이는 강물 따라 어리네
끊임없이 흘러가는 강물처럼
명멸하며 스러지는 기억들
나 사랑을 잃고 강가에 나와 앉아 있네
굽이돌아 속닥이는 물결 따라
낮은음자리표 하염없이 부침하네
밤은 깊어 가고 바람은 차
잠든 아가 숨결처럼 잦아드는 강
미늘 없는 낚시로 세월을 벼리던 은자隱者
자리 털고 일어서듯
나
슬픔의 빈 투망을 거두어들이네

솔바람 소리

휘-이, 솔바람 소리
막막한 허공 휘돌아
솔숲 스치고 어디론가 몰려가는 솔바람 소리
쉰넷 한 많은 인생을 여기에 묻고
대쪽 같은 성미도
바위 같은 의지도
깊은 침묵으로 덮어버리셨네
솔바람 소리 유현한 산모퉁이
못다 한 사랑, 못다 한 뜻을
어찌할 수 없는 체념으로 툭툭 털어버리고
허허로운 하늘 지붕 삼아
지저귀는 산새 소리 벗 삼아
고달팠던 영혼을 달래며
끝없는 안식의 잠을 청하리 읊조리며
저렇게 편안히 누우셨네
솔바람 소리 유현한 산골 밤토재* 여기.

* 아버지 묘소에서

백운산 소쩍새

슬플 때는 울려무나
가슴 치며 삭이지 말고
어둠 속에서 홀로 눈물짓지 말고
큰소리 내어 엉, 엉 울려무나
피눈물 쏟아내 대성통곡이라도 하려무나
참는다고 슬픔이 사라지더냐
참는 슬픔은 가슴에 박혀
돌덩이 되고
참는 슬픔은 암 덩어리 되고
참는 슬픔은 굳어서 돌심장 된다
차라리 슬플 때는 울려무나
백운산 소쩍새야!
훌짝훌짝 울지 말고
활화산처럼 설움 분출하여
슬플 때는 오장육부 다 터뜨려 울려무나
뜨거운 눈물 한 바가지 오지게 쏟아내고 나면
슬픔의 끝자락도 희미한 불빛처럼 비치겠지

외로울 때

폭풍우 치는 바다에 떠 있는 쪽배처럼
외로움의 파도에 마구 흔들릴 때
이곳저곳 서성거리지 말고
외로움 그 심연으로 풍덩 뛰어내려
소용돌이 중심부에 정좌하세요
흔들리는 파동을 응시하세요
다정히 자기 이름을 불러
'00야 너 참 많이 외로웠구나'
괜찮아, 곧 좋아질거야
외로움에 젖은 나를 토닥이면
심한 흔들림 잦아들지요
풍랑이 지나가면
평온한 마음 되찾을 거예요
외로움도 때때로 찾아오는
살가운 벗

작은 소망

그대는
배고픔에 눈물 흘린 적 있나요
불치의 병마에서 회생해 본 적 있나요
앞 못 보는 사람의 소원을 아나요
듣지 못하는 사람의 소원을 아나요
걷지 못하는 사람의 소원을 아나요
그대, 아직 육신 튼튼하고
눈뜨면 아름다운 꽃들 볼 수 있지
귀 기울이면 새들의 노랫소리 들을 수 있지
맘먹으면 어디든 자유롭게 걸어 다닐 수 있지
건강하게 살아갈 수 있음 하나로
얼마나 큰 축복입니까
그대는 잊었나요
우리의 생애란 타들어 가는 불꽃이며
이 지구란 잠시 발붙이다 곧
떠나야 할 아주 작은 별 싸라기라는 걸
잊었나요
내가, 나에게 가끔 물어본다

묵언

겨울 숲은 말한다
말 없는 말
화려한 색채의 옷 벗고
벌거벗은 진실을 말한다
으스스 스산한 하늘 아래
나목들 실가지마다
무수히 촉수 내밀어 저으며
하늘 우러러 모색하고
나직이 웅크린 산들은
수도자의 고행처럼
회오悔悟의 긴긴 시간
아픔과 침묵으로 기도한다
겨울 숲은 본래면목 진실을 말한다
우리가 가야 할 인생길
마지막
그 여정처럼

씨앗

죽음을 왜 불행이라 하나요
한 가지 해탈
이 세상 나와 얽힌 칡넝쿨 인연 줄
훌훌 벗어버리고
편안히 눈감은 초월자超越者 모습
슬픔도 번뇌도 없는 세상
사랑도 미움도 없는 세상
부자도 빈자도 없는 세상
불러도 대답 없는
영원한 안식의 세계로 들어가
되돌아오지 못하는 긴 여정
죽음을 왜 불행이라 하나요
죽음은 한 떨기 씨앗
아득히 먼 미지의 세계
우주로 떨어지는 씨앗

단풍

천년 옛 고을에
천년 묵은 고목들이 붉게 타오르고 있다
손잡고 거닐던 두 사람
일렁이는 불길 속으로 걸어가더니
사라진다
고을 앞 느티나무 군락에
바람이 스쳐 간다
우수수 떨어지는 낙엽
낙엽 따라 새들마저 떠나가고
일순 정적
기우는 황혼의 햇살이 적적하다

월산에 올라

세상사 버리고
월산에 오르니
구름이 발아래
일망무제여라
아스라이 저 멀리
촌락이 어리고
거기 내 거친
홍진도 묻혔거니
산정엔 바람과 구름
산과 나
버리고 떠남은
이토록 호쾌한데
세속의 집착의 병
깊고 또 깊어
아쉬운 정 두고
돌아가야 하는가

빈방

눈 내리는 밤
빈방에 홀로 앉으면

어둠을 사르는 촛불처럼
가슴에 은은히 타오르는 불꽃

흘러가는 강물 따라
너울너울 비치는 지난날 영상들

퇴락한 세월의 강변에
이제는 돌아와 정좌한 채

오랜 기간 잊고 지낸 내 안의 나
붙들고

밤 지새도록
두런두런 이야기꽃 피운다

연어처럼

결국,
다 돌아가는 것
당신이 살았던 이승에서의 삶
버리고 가는 것
그곳이 어디인지
아는 이 없는
멀고 먼 세상으로 가는 것이다
올 때 빈손으로 왔듯
갈 때도 빈손으로 가는 것
태어남이 나의 뜻 아니듯
죽음도 나의 뜻 아닌 것
목 놓아 불러도 들리지 않는 곳
굳게 닫힌 하늘의 문門 지나
되돌아옴이 없는 아득히 먼 세상
우주에서 왔다
한 마리 연어가 모천母川으로 회귀하듯
다시 우주의 강江으로 돌아가는 것이다

노을 진 하늘

노을빛 하늘에 그리움이 물들고 있다
노루처럼 뛰어다니던 들판이랑
멱 감고 해종일 보내던 시냇가
깨복쟁이 친구들 식, 근, 옥
무심한 세월이 서로를 갈라놓았지만
각박한 시장바닥에서 고개 돌리면
때때로 보고 싶은 그 얼굴
풋풋한 청춘 시절을 이야기하던
자, 열이, 숙이 지금 어느 하늘 아래서
어떻게 살아가고 있는지
보고 싶은 그 얼굴
그 시절
타고 남은 재가 밑불로 남아
고향 하늘 붉게 물들이며 타오르고 있다

밤낚시

고요한 밤이면
가슴속에다 낚싯줄 내린다

은빛 물고기를 찾아
깊디깊은 심연으로 내린다

잔잔히 파문 일으키며
한없이 풀려 내려가는 낚싯줄

밤마다 낚싯줄 드리워 보지만
은빛 물고기는 잡히지 않는다

한평생 가슴속에서 찾아야 할
세파에 흔들리지 않는 금강의 물고기

식탁 앞에서

식탁 앞에서는 누구나
기도를 올려야 하지요
우리가 일용할 양식을 위해
얼마나 많은 짐승을 죽여 왔으며
얼마나 많은 꽃들 꺾어왔으며
얼마나 많은 새알을 훔쳐 왔는가
접시에 다소곳이 누워 있는 생선은
바다가 너무 그리워
아직도 눈감지 못하고 있다
목숨이란 어느 種에 속하든
끝까지 소중한 것
아무런 가책 없이 수많은 생명을 탐하였으니
식탁 앞에서는 누구나 기도를 올려야 한다
날이면 날마다
우리가 먹어 치운 생명을 위해
우리가 또 먹어야 할 목숨을 위해

제3부

회심의 계절

세상살이 아픔 꾹 참으며
오탁汚濁에 물들지 않는
비바람에도 꺾이지 않는
온몸 태워 세상을 밝히는 저 참꽃처럼

산집

두륜산 깊은 산골
쑤우우- 바람 일으키는 자 누구입니까

이 깜깜한 바다에
한 점 불씨를 태우는 자 누구입니까

고적한 산집 지키며 정좌한 채
어둠을 다스리고

밤마다 밤마다 허물 벗으며
명경지수로 투명한 생명 빚는 자 누구입니까

씻어도 씻어도 못 버릴 업

다만,
한 자락 청정한 바람의 혼불 되어 떠나고자
천날 또 천날 기원하는 자여

이팝꽃

오월이 오면
흰 무명옷 입고 죽은 백성들의 넋
기나긴 보릿고개 아흔아홉 굽이 넘고
마지막 한 굽이 남았는데
풀떼기 끓여 먹을 겉보리조차 없다
칡뿌리로 겨우 연명해 오다
칡뿌리 캐러 나갈 기력도 소진했다
이밥 한 그릇 먹고 죽으면
원이 없다던
저승밥으로 이밥 한 그릇 꼭꼭
씹어 넘기고 세상 뜨면 마지막
원이 없다던
그 민초들 넋이 환생해 하얗게 피어난
이팝꽃 보면
저세상에 가면 깊이 맺힌 한恨마저 한 송이
화사한 꽃으로 피어나는가

마른 강

넌, 목석 아닌가?
어쩌면 그리 태연자약할 수 있는가
하지만 허허한 웃음조차 날릴 수 없다면
어찌하겠는가
때론 한 잔 술에 취해 비틀거리지 않으면
어찌 하겠는가
메말라 갈라진 강바닥처럼
내 가슴에 눈물샘 없다고 연민의 눈짓 보내지 마오
하루의 의연함을 벗고 돌아누운 밤이면
강물은 죄다 마르고 흐르지 않아
하얗게 소금꽃이 핀다오
하지만 말라비틀어진 강바닥 그 밑에는
어찌 뜨거운 눈물 한 줄기 없으랴
애써 묻어두고 초연한 듯해도
회한은 깊숙한 곳 흘러
상흔 남긴다

들꽃 꺾이다

신이여,
어찌하여 나의 들꽃
밤이면 별님과 속말 나누고
넘나드는 바람결에 소식 전하고
새봄이면 움트는 소리
한여름 지성한 풀벌레 울음
서리 받아 피는 가을꽃 노래
즐겨 듣던 나의 들꽃을 꺾어갔습니까
하늘이여, 나의 들꽃은
가녀린 생명력 의지 시들지 않길 바랄 뿐
나의 들꽃이 소망하는 건 오직
사랑스런 가족과 다정한 벗들 미소가
그치지 않길 바랄 뿐
단지 그 작은 소망을 기도할 뿐
하지만 병마에도 의연하던 나의 들꽃은
푸른 오월에 꺾이고 다시 돌아오지 못한다

비 내리는 거리

비가 내린다
낙엽 휘날리는 관교동 거리에
비가 내린다
빼앗아 가버린 세월의 뒤란에
텅 빈 외로움 쓸어내리듯
도심의 퇴락한 가로수에
비가 내린다
패어진 가슴의 심연 위에
아픔이 내린다
후드득후드득 어서 가라
채찍으로 내린다

적막한 날

바람이여
젊은 날 한시도
내 곁을 떠나지 않던 바람이여
무한한 동경이여
삶의 의욕이여
너 지금 어디로 가고 없느냐
오늘 내 영혼이 병들어 누움으로
꽉 막힌 가슴에는 스쳐 갈 틈새 없거니

바람이여
메마른 대지 위에
생명의 정기를 불러일으키던 바람이여
쓰러져 잠든 영혼을 일깨우고
생명의 빛 가루 나르던 바람이여
빈 광장에 나 홀로 남겨둔 채
이제는 다들 어디로 가고 없느냐

가시나무와 새

앙상한 가시나무 가지에 앉아
서성이다, 서성이다
날아가는 새
눈물샘 가뭄 든 지 오랜 세월
뜨거운 눈물 한줄기 흘리지 못하고
끄억 끄억 속으로 우짖다 우짖다
가는 나의 새여
가슴은 아리고 멍들다 까맣게 타
슬픔도 씨가 말라
한겨울 잎 다 져버린 가시나무에
홀로 찾아와 흔들리다
노래도 잊은 채
먼 하늘 우러르다 날아가고
빈 가지 빨간 찔레 열매
더욱 붉어라

저 벌판 위에

내 혼을 묻으리
저 거친 벌판 위
자국, 자국, 발자국마다
피 뿌리다 가고 싶은 암울한 이 계절
갈가리 찢겨진 아픔인 양
메말라 비틀어진 초토일망정
그곳은 내 혼이 태어난 곳
핍진한 산천이여
혹한이 네 살갗을 찢을지라도
넌 아랑곳하지 않는 의지를 지녔다
내 젊은 날 너를 닮아 굳세더니
지금은 길 잃고 헤매는 혼몽의 계절
아, 허구한 날의 안타까움
내 혼을 묻으리
네 거친 가슴팍 위에

선인장

전생에 지은 업業 무엇
그리도 크고 모질기로
한 포기 풀도 없는 메마른 사막에
불타는 태양 아래
끝없는 고행의 길 가느냐
사와로 선인장
타는 목마름에
그리운 구름
시원한 바람
한 방울의 물! 물!
황량한 사막에서 앙버팀하고
생명력 의지 끌어올리는 끈질긴 집념
흔들리지 않는 네 불굴의 의지 앞엔
누구도 불행을 말하지 못할지니
비장한 네 모습

일초

일초*에 피는 꽃송이 몇이런가
일초에 떨어지는 꽃송이 몇이런가
이 지구 행성에
일 년에 1억4천만 명 탄생
일 년에 6천만 명 죽음
그러나 한 사람 떠나보낸
우리의 슬픔은 6천만분의 1 아니다
하늘이 무너지는 슬픔이다
모든 것 잃어버린 슬픔이다
날마다 110,000송이 지는 꽃
40초마다 1명 자살
밤 깊어 강물 위에 명멸하는 저 불빛처럼
매 순간마다 반짝반짝 탄생하는 생명
매 순간마다 빛 꺼지는 목숨
우리 어디서 왔다 어디로 가는 것인가

* 이공일칠공육삼공 인구시계

뽀리뱅이

긴 세월
어느 우주 떠돌다
지구상 이곳에 태어났느냐
전생에 지은 업 버리지 못해
고생보따리 보듬고 태어났느냐
뽀로통한 너의 입술
오종종한 너의 얼굴
활짝 웃어보렴
싱그러운 바람결에 마음 씻고
따사로운 봄 햇살 받아
파안대소 한번 해 보렴
미소 보일까 말까
마음 열까 말까
머뭇머뭇 망설이는 모습

구원의 길목

천당이 어디에 있나요?
우리 가슴속에 있지요
지옥이 어디에 있나요?
우리 가슴속에 있지요
예수가 어디에 있나요?
우리 가슴속에 있지요
부처가 어디에 있나요?
우리 가슴속에 있지요
예수도 인간이었지요
부처도 인간이었지요
우리와 똑같은 인간이었지요
고난에 굴복하지 않고
그들 스스로 가시밭길 개척하여
인류에게 등불 밝혔지요
예수처럼 살면 예수의 참 제자
부처처럼 살면 부처의 참 제자

참꽃을 보며

꽃처럼 살아라
하지만, 꽃처럼 살기 쉬운 일인가
온갖 욕망 뒤얽혀 뒤죽박죽 세상에
꽃처럼 살기 쉬운 일인가
그래도 눈부신 참꽃을 보면
어디선가 꽃처럼 살아라,
명령한다
내 가슴에 초롱불 밝혀 두고
봄비에 씻기는 저 화단 참꽃 한 무더기
선홍색으로 영롱히 불타오르듯이
세상살이 아픔 꾹 참으며
오탁汚濁에 물들지 않는
비바람에도 꺾이지 않는
온몸 태워 세상을 밝히는 저 참꽃처럼
살라 한다
꽃밭 지키고 있는 돌부처로
살라 한다

그림자 없는 나무

늘 밝은 미소로 대하는 얼굴
나는 안다 그에게도 말 못 하는
아픔 있음을
슬픔은 저 밑바닥에 묻어두고
어둠 속에 핀 박꽃처럼
환한 얼굴로 문상객을 맞이하는 상주를
보았다
나는 안다 그가 살아온 고난의 시절을
하지만 평소 얼굴에 그림자 없는
온후하고 밝은 모습이다
그림자여, 빛이 남긴 어둠의 실체여
감춘다 해도 드러내고 마는 얄궂은 영상이여
나, 몇 생애 면벽 수행하면
그림자 없는 한 그루
무영수無影樹로 태어날 수 있을까

시와 꽃

나의 시, 왜 꽃이 되지 못하는가
개망초꽃 한 송이 되지 못하는가
나의 시, 왜 꽃이 되지 못하는가
달맞이꽃 한 송이 되지 못하는가
나의 시, 왜 꽃이 되지 못하는가
감국꽃 한 송이 되지 못하는가
너는, 시 한 편을 꽃피우기 위해
일 년 삼백육십오 일
들꽃처럼 기도한 적 있느냐
너는, 시 한 편을 꽃피우기 위해
폭풍우 치는 밤 지새우며
염천에 목 타는 고통 견디며
눈보라 치는 엄동설한 견디며
난들에서 알몸으로 수행한 적 있느냐
한눈팔지 않고 오직 오솔길 간 적 있느냐
깊은 밤 내가 나를 힐문詰問한다

때가 오면

촛불이 꺼지는 찰나
언뜻 스쳐 가는 그림자처럼 그렇게
한평생 베풀었던 자비도 부족해
마지막 육신 물고기에 공양하는 보살처럼 그렇게
갈 수 있다면
폐 끼치기 싫어해 장작 한 개비 두 개비 모아 두었다
별빛 찬란한 어느 겨울밤 쌓아둔 장작더미 위로
올라가 불붙이는 사람처럼 그렇게
치열한 정신세계에서 살아왔지만
더 뜨거운 진리를 체득하고자 다비식 제물로
사라지는 사람처럼 그렇게
평생 동안 마음 닦은 후 매미가 허물 벗듯이
육신은 등신불 되고
혼 이끌고 우주 속으로 들어간 사람처럼
그렇게 갈 수 있다면
간밤 소복이 쌓인 눈 위에 누군가
소리 없이 와 발자국 남기고 가듯
홀연히 갈 수 있다면

달빛은 천 강에

내 가슴 절벽에다 바람이 새기고 간 말
가끔 펼쳐 본다
암벽에 새겨진 말
불타는 태양이 깨끗한 곳 더러운 곳
가려 비추더냐
휘영청 달빛이 부잣집 가난한 집
차별하더냐
달빛은 일천 강에 똑같이 비추어도
강물에 비친 마음이야 천차만별
일체유심조一切唯心造라 한다
가슴에 따뜻한 해를 품어라
가슴에 서늘한 달을 품어라
생과 멸
우주의 인연 따라왔다가
우주의 인연 따라가는 것
해처럼 달처럼 구김 없이 살아라.

꽃의 추락

우리들 날마다 걷고 있는 이 길
빛과 어둠 갈림길
눈감으면 대낮에도 캄캄한 어둠
빛도, 길도, 희망도 보이지 않는 어둠 속에
손 내밀어 저어보아도
아무것도 잡히지 않는 허공
그 절망의 벼랑에서 버둥거리다
날마다 이 나라에서
벼랑으로 떨어지는 40여 인생
오늘 아침 방송에서 또 추락 소식을 듣다
깜깜한 어둠에 갇힌 영혼이
한줄기 빛을 갈망하다
절망이 유혹하는 환상의 손짓 따라
경계를 탈출하려 온몸 내던지다 추락하는
마지막 승부수, 자살
그러나 잠깐 고개 들어 그 반대쪽을 보세요
저기 초록빛 들판에
꽃 피고 새들이 노래하고 있지요

운명

운명이라는 말
그 앞에 고개 숙이지 마세요
그 앞에 눈물 흘리지 마세요
그 앞에 고슴도치처럼 온몸 독기 품고
저항하지 마세요
스스로 만들어낸 허상虛像 앞에
무릎 꿇지 마세요
어려움은
풀어나가야 할 숙제
타인과 비교하지 마세요
부딪치는 삶의 문제는 헤쳐 나가야 할 파도
폭풍우 견디고 꽃이 피듯이
캄캄한 밤이라야 별이 반짝이듯
하늘은 귀하게 쓸 사람에게 시련을 주지요

고난 속에 핀 꽃

싯다르타여, 싯다르타여
태어난 지 7일 만에 어머니 잃고
생로병사 고뇌 깊어 보장된 왕위와 영화 버리고
걸식하며 구도의 가시밭길에 뛰어든 이여

공구孔丘여, 공구여
세 살에 아버지 잃고 길바닥에서
아버지 묻힌 곳 수소문하던 꺽다리 소년이여
온갖 역경 속에서 인본주의 큰 뜻 펼치신 이여

예수여, 예수여
독생자로 태어나 죄 많은 인류 구원하고자
가시면류관 쓰고 골고다언덕 오르며
엘리 엘리 라마 사박다니 죄 사함 외치신 이여

무함마드여, 무함마드여
유복자로 태어나 여섯 살에 어머니 잃고
양치기 목동 된 소년이여. 대상을 따라

사막에서 풍찬노숙하며 별빛 헤아리던 청년이여

금강의 문

나의 슬픔은 나의 것
나의 고독은 나의 것
타인은 단지 관심이나 동정일 뿐
나를 떠나 어디 내 기쁨 있고 슬픔 있으랴
억장이 무너져도 태양은 빛나고
밤이면 달이 뜨고 별 빛나고
저 산천은 여전히 변함없는데
파도치는 마음의 물결이
끊임없이 슬픔을 빚고, 기쁨을 빚고
허무를 빚고, 충만을 빚으면서 출렁이고 있을 뿐
자기 혼자 자신을 괴롭히고 있을 뿐
역경을 불행이라 여기지 않는다면
누구에게도 불행이란 없다
금강의 문 닫으리라
외로움이나, 슬픔, 번뇌 스며들지 못하게
금강의 거울을 닦으리라
내 안 잘 닦은 거울에 만물이 비치게 하리

슬픔도 꽃이었지

되돌아보면 겉모습 꿋꿋한 세월
속울음도 꽃이었지요

되돌아보면 시련 닥치던 세월
한숨도 꽃이었지요

한없는 그리움의 세월
이별도 한 송이 꽃이었지요

가슴 한쪽이 늘 시린 세월
원망도 한 송이 꽃이었지요

이제 거울 속 가만히 들여다보면
구불구불 돌아 난 길도
길 아닌 길 없는 세상

찍힌 발자국 헤아려보면
발자국마다 꿈길 아닌 길 없는 세상

불타는 말

애련이나 슬픔 그런 것
폭풍우 속에 날려 보내고
고독이나 회한 그런 것
뜨거운 불길에 던져 버리고
불타는 눈빛으로 살아가거라
무엇이 두려워 망설이랴
무엇을 못 잊어 연연해하랴
인생이란 온갖 욕망 사바세계에서
한바탕 뜨겁게 살다 가는 것
행이니 불행이니 관념을 버려라
그냥 너의 길을 가라
까닭 없이 눈가에 이슬 맺힐 때
시름에 젖어 풀잎처럼 누울 때
내 깊은 곳에서 흔들어 깨우는 목소리
어서, 일어나라
영혼의 심지에 불붙여
뜨겁게 타는 눈빛으로 살아가거라

나의 노래

나의 노래는
나의 생명

이른 봄 새싹 돋는
나의 노래를

어느 누가 들으랴
눈여겨보랴

하지만 내게 크고 거룩한
나의 노래는

끝없이 펼쳐진 파란
하늘을 날고

광활한 대지의
숨결 위에 잠든다

주체와 아토포스atopos

고광식(시인, 문학평론가)

주체와 아토포스atopos

고광식

1. '무엇'의 존재

죽은 주체가 정체를 알 수 없는 땅 위를 서성이고 있다. 데카르트의 생각하는 주체, 즉 이성적 주체에 의해 신의 죽음은 확실시되었다. 하지만, 근대의 주체도 철학자들이 시도한 형이상학의 해체를 통해 죽음을 맞이한다. 이성은 양차 세계대전을 전후하여 총체적 반성의 대상이 되었다. 생각하는 주체가 만들어낸 지옥을 경험한 이후이다. 이성은 탈중심적 운동에 의해 비판받고 치명상을 입었다. 불구 또는 죽음을 맞이한 주체가 허허벌판에 서 있다. 기도하고 찬양하면 길을 안내했던 신도, 모든 것을 의심하고 생각했던 이성적 주체도 이곳엔 없다. 알 수 없는 주체가 알 수 없는 땅에서 존재가 무엇인가를 고민한다. 불타는 노을 아래 꽃은 피고 진다. 꽃의 존

재 그 자체의 본질은 해체된 형이상학 위에서 나부
낀다. 허허벌판 위에서 인간 존재를 부르는 일은 '무
엇'의 존재를 사유하는 일이다.

　존재를 사유하는 방식에 있어서 임봉주(『비탈에
선 꽃에게』)의 시는 상실로 촉발된 형이상학 너머
의 본질에 관한 물음으로부터 시작한다. 시적 주체
는 "힘겹게 걸어온 길/ 육십 고갯마루에서 바람에
게 묻는다/ 너 마흔을 넘기지 못하리라"(「바람에게
길 묻다」)처럼 개인의 운명을 통해 형이상학 너머
의 본질을 보게 한다. 운명은 본질을 공전하는 행성
과 같다. 그러기에 인간들은 다양한 층위에서 본질
을 보고자 했다. 공전하는 행성의 거주자인 주체는
생각하는 주체가 이미 죽었다는 것을 안다. 점술가
에 의해 '나'의 운명의 본질을 엿보았다고 생각했다.
하지만, 나는 아직 살아 있다. 삶에의 집착이 만들어
낸 의문은 더 많은 의문을 몰고 온다. 세계는 수많은
본질을 은폐하고 주체를 속인다. 임봉주의 시적 화
자는 비탈에 서서 우울한 가족사를 스토리 텔링한
다. 상실을 딛고 일어서는 화자의 진술이 형이상학
너머의 본질을 흔든다. 죽은 주체를 흔들어 깨우는
'나'는 지칠 줄 모른다.

열아홉에 어머니 잃고 땅이 꺼졌다

스물여섯에 아버지 잃고 하늘이 무너졌다

허무의 깊은 벼랑으로 굴러떨어졌다

서른다섯에 나뭇가지 찢어지듯

막내 동생이 세상 떠났다

뒤늦게 찾아온 행복도 잠시

지천명에 가파른 고갯길 올라가다

또다시 평온은 깨지고 아늑하던 둥지

송두리째 폭풍에 날아갔다

이제 더 잃을 것도 없는 세상

삶은 무엇이고

죽음은 무엇이란 말인가

되돌릴 수 없는 시네라마 필름처럼

존재하는 모든 것 데리고

무한 우주 시공으로 휩쓸려 소멸하는 세월

시간의 모래 위에 찍힌 발자국처럼

스러지는 기억들

나의 삶 그리고 이 세상이란

어디서 왔다 어디로 가는 것인가

―「흐름 앞에서」 전문

시적 화자는 부모를 잃었다. 삶의 출발점이자 의지

해야 할 대상인 부모가 너무 일찍 세상을 떠났다. 화자는 부모 잃은 절망감을 "열아홉에 어머니 잃고 땅이 꺼졌다/ 스물여섯에 아버지 잃고 하늘이 무너졌다"고 진술한다. 세월은 강물처럼 한시도 쉬지 않고 흐른다. 세월은 '나'를 떠맡고 있던 소중한 존재들을 하나씩 무너뜨렸다. 그들이 사라진 자리가 너무 크다. 화자가 안식을 취해야 할 자리가 송두리째 없어졌기 때문이다. 화자의 아픔을 자신의 아픔으로 대신했던 부모가 형이상학 너머로 사라졌다. 부모의 사라짐은 하늘이 무너지고 땅이 꺼지는 충격이다. 화자가 딛고 있는 이곳은 정체를 알 수 없는 아토포스이다. 시간의 흐름 앞에서 상처는 스스로 아문다. 최소한의 방어기제 없이는 세계에 맞서기 어렵다. 그러나 세계는 "서른다섯에 나뭇가지 찢어지듯/ 막내 동생이 세상 떠났다"처럼 가혹했다. 부모와 동생이 일찍 세상을 떴다는 것은 화자에게 깊은 허무의식을 심어주는 계기가 되었다. 삶 자체가 알 수 없는 힘으로 언제든지 벼랑으로 떨어질 수 있다는 인식이다. 이러한 인식은 주어진 삶을 조심스럽게 한다. 다양한 각도에서 세월의 흐름은 화자에게 압박을 가한다. 화자가 받은 압박은 "또다시 평온은 깨지고 아늑하던 둥지/ 송두리째 폭풍에 날아갔다"는 진술

에서 절정을 이룬다. 도대체 삶이란 무엇인가. 형이
상학 너머를 보고자 하는 질문이 하염없이 반복된다.

세계에 던져진 주체에게 부모는 대가 없는 희생을
한다. 인간은 이기적인 존재이다. 이로 인해 생태계
의 맨 꼭대기를 차지할 수 있었다. 자신의 이익을 위
해 이성을 만들어 내었고, 이성은 자연과 인간까지도
파괴했다. 이처럼 이성은 인간이 만든 이기적 욕망체
이다. 이러한 인간이 이타적인 행위로 끝없이 자신을
희생하는 대상이 있다. 자식이라는 존재이다. 자신의
유전자를 남기려는 본능 때문이다. 유전자는 끝없이
흐르는 강물처럼 위에서 아래로만 흐른다. 거슬러 오
를 줄 모른다. 가장 오랫동안 부모의 도움을 받는 존
재가 인간이다. 동물들은 태어나면서부터 걷는다. 그
래야 산다. 하지만, 인간은 빨기 본능 하나만 가지고
태어난다. 나머지는 부모의 몫이다. 온 세상이 '나'를
버릴 때, 부모는 '나'의 죄를 대신하는 존재이다. 그러
므로 알 수 없는 땅 위를 서성이는 주체는 부모가 안
내하는 길을 안전하게 갈 수 있다.

2. 그림자 없는 미소

임봉주 시의 주체는 정체를 알 수 없는 땅에 던져져

있다. 알 수 없는 아토포스는 주체에게 끊임없는 상실과 상처를 준다. 아토포스를 딛고 있는 주체는 신도 믿지 않고, 생각하는 이성도 믿지 않는다. 다만, 형이상학 너머의 존재를 규명하지는 못하지만 어렴풋하게 인식하고 있을 뿐이다. 시간의 흐름과 함께 상실은 자연스럽게 온다. 그러나 주체에게 상실은 언제나 감당하기 어렵다. 시간은 상실이라는 거대한 포충망을 주체가 있는 아토포스로 던진다. 한 번 걸려들면 빠져나올 수 없다. 운명이다. 하지만, 이곳의 주체들은 상실을 내색하지 않는다. 아토포스에 거주하는 우울한 자아와 마찬가지로 타자도 우울하기 때문이다. 상처를 극복하기 위한 방법으로 그들은 미소를 짓는다. 세계로부터 상처를 받았으면 슬픔을 드러내야 하는데, 세계의 모든 주체는 미소로 감정을 뒤집는다. 그러므로 미소는 그림자가 없다. 저 밝은 미소가 주체의 방어기제이기 때문이다.

아토포스 위로 눈이 내린다. 광활한 땅 위에 내리는 눈은 상실과 상처를 덮는다. 보이지 않을 때까지 계속해서 상처를 지운다. 덮인 눈을 뚫고 꽃이 핀다. 엘리엇의 인식처럼 죽은 땅 위에서 피는 꽃은 잔인하다.

폐 끼치기 싫어해 장작 한 개비 두 개비 모아 두
었다
별빛 찬란한 어느 겨울밤 쌓아둔 장작더미 위로
올라가 불붙이는 사람처럼 그렇게
치열한 정신세계에서 살아왔지만
더 뜨거운 진리를 체득하고자 다비식 제물로
사라지는 사람처럼 그렇게
평생 동안 마음 닦은 후 매미가 허물 벗듯이
육신은 등신불 되고
혼 이끌고 우주 속으로 들어간 사람처럼
그렇게 갈 수 있다면

―「때가 오면」 부분

목탁 소리는 동그라미 그리며
파란 허공으로 스러진다
은은한 범종 소리도 둥그렇게 구르며
아득히 먼 우주로 퍼져 나간다
목탁 소리는 왜 동그라미 그리다 스러질까
범종 소리는 왜 둥그렇게 구르며 먼 우주로
퍼져 나갈까

―「종소리와 동그라미」 부분

「때가 오면」의 화자는 죽음을 맞이할 준비가 되어 있다. 충격으로 쌓인 상처가 내면을 단단하게 만들었기 때문이다. 언제인가 오고야 말 죽음은 누구도 피할 수 없다. 그때를 상상하고 우울한 상태에 빠질 수는 없다. 우리의 삶에 멜랑꼴리한 정서를 덧씌우면 불행에 갇힐 수밖에 없다. 그러니 "폐 끼치기 싫어해 장작 한 개비 두 개비 모아" 두는 마음의 자세가 필요하다. 항상 죽음을 염두에 두고 사는 삶은 현재를 치열하게 사유하고 행동한다. 죽음이라는 낯선 땅에 안착하기 위해 마음을 비우고 산다. 그때는 기어이 올 것이고, 나는 기꺼이 죽음과 입 맞추어야 한다. 시적 화자의 죽음관은 "더 뜨거운 진리를 체득하고자 다비식 제물로" 사라지는 사람이었다가 "평생 동안 마음 닦은 후 매미가 허물 벗듯이" 우주 속으로 사라지는 사람이 되기도 한다. 화자는 슬픔과 안타까움으로 이곳의 땅을 붙잡는 것이 아니라 이곳에서 저곳으로 옮겨가는 순리를 따른다. 예고 없이 왔던 이곳의 삶을 정리하고 홀연히 사라지겠다는 화자의 생각이 처연하지만 아름답다.

「종소리와 동그라미」의 화자는 번뇌와 잡념을 깨트리게 하는 소리를 안다. 목탁 소리가 맑은 정신을 유지하는 데 도움을 주기 때문에 "동그라미 그리며/ 파란 허공으로 스러진다"는 진술이 가능해진다. 목탁은 올림으로 치든, 내림으로 치든, 일자로 치든 꼭 같은 동그라미를 그리다가 스러진다. 우리의 삶도 이와 같다. 다양한 계급과 계층의 사람들은 삶의 여러 층위에서 다른 목소리를 내지만, 허공으로 사라지는 것은 모두 동일하다. 그러니 이곳을 사는 주체는 계급이라는 번뇌와 계층이라는 잡념을 깨트려야 한다. 목탁이 맑은 정신을 유지하게 한다면, 범종은 주체의 삶을 근원적으로 참회하게 만든다. 범종 소리 또한 목탁 소리처럼 동그라미를 그린다. 동그라미 안에 극락이 있고 고통에서 벗어날 수 있는 길이 있다. 그러기에 시적 화자의 "범종 소리는 왜 둥그렇게 구르며 먼 우주로/ 퍼져 나갈까"라는 의문 속에 심오한 뜻이 담겨 있다. 범종 소리가 울릴 때 연꽃봉오리는 높게 출렁이고, 음악은 하늘에서 울려 퍼진다.

늘 밝은 미소로 대하는 얼굴
나는 안다 그에게도 말 못하는
아픔 있음을
슬픔은 저 밑바닥에 묻어두고
어둠 속에 핀 박꽃처럼

환한 얼굴로 문상객을 맞이하는 상주를
보았다
나는 안다 그가 살아온 고난의 시절을
하지만 평소 얼굴에 그림자 없는
온후하고 밝은 모습이다
그림자여, 빛이 남긴 어둠의 실체여
감춘다 해도 드러내고 마는 얄궂은 영상이여
나, 몇 생애 면벽 수행하면
그림자 없는 한 그루
무영수無影樹로 태어날 수 있을까
　　　　　　　　　—「그림자 없는 나무」 전문

시적 화자는 "늘 밝은 미소로 대하는 얼굴"에서 말
못 할 상처가 있음을 안다. 웃는 얼굴을 이리저리
살펴보면 세상과 맞서다가 생긴 상처가 보인다. 겉
은 웃고 있지만, 상처는 주름으로 은폐되어 있다. 또
는 시간의 흐름 앞에 생성된 자연스러운 상처도 보
인다. 주체의 상처가 다양한 층위에서 만들어져 서
로 마주 보고 있다. 화자는 사회적 가면을 쓰고 웃는
"환한 얼굴로 문상객을 맞이하는 상주를" 보며 가슴
아파한다. 속으로 통곡하고 있으면서 겉으로 웃는
마음이 오죽하겠는가. 나 또한 상처 난 가슴을 껴안

고 속울음 삼킨 적 있기 때문이다. 웃는 얼굴 뒤편에서 "감춘다 해도 드러내고 마는 얄궂은 영상이여"처럼 투영된 자아의 모습이 보인다. 아무리 잘 만들어진 방어기제도 시간의 흐름 속에 무너져 내린다. 시간은 늑대처럼 해 질 녘에 다가와 상처를 입히고 사라진다. 공격당한 주체는 오랫동안 고통에 시달릴 수밖에 없다. 이렇게 겁박당하는 현실에서 벗어나기 위한 방법은 없을까 화자는 "그림자 없는 한 그루/ 무영수無影樹로 태어날 수 있을까"를 꿈꾸어 본다.

세계는 회전문과 같다. 세계에 던져진 우리는 회전문 앞에 서 있다. 문은 두 손 벌려 우리를 맞이할 준비가 되어 있다고 말한다. 밖의 우리가 안으로 들어가기 위해 통과해야 할 문이다. 회전문의 축은 중심에 있고 우리는 밖에 있다. 축을 중심으로 도는 회전문은 항상 열려 있는 것 같지만, 실상은 안과 밖이 차단되어 돌고 있다. 회전문이 도는 메커니즘을 알수 없는 사람에게 문은 언제나 아포리아 상태이다. 밖에 서 있는 다양한 계층과 계급의 사람을 고려하지 않은 채 세계는 돌아간다. 우리는 특수한 '나'를 고려하지 않은 문을 통과하다가 상처를 받는다. 그때마다 우리는 웃는다. 상처받지 않은 것처럼 그림자 없는 미소를 짓는다. 회전문을 통과한 사람들이 웃기 때문이다.

3. 때가 오면 '꽃'

시간의 흐름과 함께 주체는 약해진다. 인간도 자연의 일부분이라는 것을 깨닫는 데 그리 많은 시간이 걸리지 않는다. 세상 속에 홀로 충만한 것 같았던 주체는 세월 앞에 발가벗겨진 채 불확실하게 서 있다. 자연의 근원적 진리가 자아를 지배하고 있음을 깨닫는다. 한때는 세상의 폭력 앞에 파멸되지 않기 위해 강인해졌다. 세계가 생성해낸 다양한 층위의 폭력도 맞서서 견뎠다. 영원한 유토피아를 꿈꾸지 않았는데도 세계는 주체의 의지대로 움직이지 않았다. 오히려 수많은 고통을 안겨주어 감당하기 어렵게 했다. 시간은 잘 짜진 소설의 플롯처럼 주체의 어떤 순간이나 부분에 강하게 상처를 주는 식으로 참여했다. 자연이 주관하고 지시하는 손길은 모든 생명체에게 동일했다. 주체는 시간의 섭리를 이해하고 하늘을 바라본다. 푸른 하늘에 자아가 투영된 구름이 떠간다. 저 구름은 때가 오면 지상으로 내려 올 것이다. 지상의 생명이 때가 되면 허공으로 치솟아 오르듯이.

때를 자각한다는 것은 삶의 지혜이다. 세월의 폭력을 견디는 힘이다. 그러므로 주체는 자신을 성찰한 분별력으로 상처를 딛고 일어선다.

하늘도시* 변두리 산자락 싹둑 잘린 비탈진 곳
위태롭고 척박한 땅에서도 꿋꿋이 피어
생명의 경이로움 노래하고 있다
마음 허전한 날이면
아무도 모르게 너희를 찾아가
마음 달래보고
너희에게도 응원 보내는 걸 알까

*영종하늘도시

—「비탈에 선 꽃에게」 부분

되돌아보면 겉모습 꿋꿋한 세월
속울음도 꽃이었지요

되돌아보면 시련 닥치던 세월
한숨도 꽃이었지요

한없는 그리움의 세월
이별도 한 송이 꽃이었지요

가슴 한쪽이 늘 시린 세월

원망도 한 송이 꽃이었지요

이제 거울 속 가만히 들여다보면
구불구불 돌아 난 길도
길 아닌 길 없는 세상

찍힌 발자국 헤아려보면
발자국마다 꿈길 아닌 길 없는 세상
　　　　　　　　　—「슬픔도 꽃이었지」 전문

꽃을 바라보는 화자의 시선이 애처롭다. 꽃이 딛고
있는 곳이 위태로운 곳이기 때문이다. 화자는 꽃에
자신의 감정을 버무려 넣는다. 위태로운 세계를 흔
들리며 견디는 꽃이 화자의 현실을 데칼코마니한다.
사실상 "하늘도시 변두리 산자락 싹둑 잘린 비탈진
곳"에 위태롭게 서 있는 것은 화자 자신이다. 마음은
늘 유토피아적인 곳을 원하지만, 두 발이 딛고 있는
곳은 상실로 가득 찬 곳이다. 그리고 끊임없이 세계
로부터 폭력이 가해지는 냉혹한 공간이다. 시적 화
자와 세계는 불화의 연속이었다. 화자가 거주하는
초록별은 자못 위태로운 공전을 계속한다. 그때마다
화자는 "아무도 모르게 너희를 찾아가/ 마음 달래"

본다. 이처럼 상실을 견디는 방법으로 고통을 넘어선다. 화자는 시간의 흐름 앞에 무릎 꿇을 수밖에 없는 외상적 상처의 잔인성을 체득한 채 살아간다. 비탈진 곳이 자신이 서 있는 곳이라는 인식을 거듭 환기한다.

「슬픔도 꽃이었지」의 화자는 위태로운 세계를 딛고 가는 방법을 안다. 세계 앞에 각 주체는 나약한 존재일 뿐이다. 세계가 펼쳐놓은 길을 충분히 이해하고 있어도 우리는 때가 되면 상처를 입는다. 이성으로 무장하고 세계에 맞서보지만, 인간은 어느새 점령당한 자신을 발견하게 된다. 세계는 주체가 이성으로 무장하고 있든지 신앙심으로 무장하고 있든지 관심이 없다. 우리는 세계 안에 있는 존재자로 현재를 견딘다. 자신이 약하다는 것을 안다는 것은 상처를 극복하고 희망을 꿈꾸는 단서를 제공한다. 상처받는 것을 반복하는 화자는 "되돌아보면 겉모습 꿋꿋한 세월/ 속울음도 꽃이었지요"라며 극복의 방법을 제시한다. 속울음이 꽃이 된다는 비유는 내면을 돌보는 행위이다. 현실 극복의 의지가 꽃으로 나타나 생의지를 드러낸다. 불완전하고 위태로운 세상에서 주체의 실존적 질문은 "찍힌 발자국 헤아려보면/ 발자국마다 꿈길 아닌 길 없는 세상"이라는 답을 얻는다. 너무 오랜 시간 받았던 상처 끝에서다.

> 나의 시, 왜 꽃이 되지 못하는가
> 개망초꽃 한 송이 되지 못하는가
> 나의 시, 왜 꽃이 되지 못하는가
> 달맞이꽃 한 송이 되지 못하는가
> 나의 시, 왜 꽃이 되지 못하는가
> 감국꽃 한 송이 되지 못하는가
>
> ─「시와 꽃」 부분

시인은 시적 화자의 입을 빌려 치열하게 세계를 탐색하지 못한 자신을 꾸짖는다. 시인이 호명하고 있는 꽃들은 강한 개성으로 바람에 나부낀다. 형태와 색채를 흉내 내지 않고 자기 자리를 빛낸다. 꽃은 속씨식물의 생식기관이므로 아름다움과 완벽한 구조를 갖추고 있다. 꽃받침 위에 암술과 수술이 있고 꽃 잎이 이것들을 감싼 채 형태를 만든다. 꽃은 생명을 잉태하는 것을 목적으로 한다. 시적 화자의 "나의 시, 왜 꽃이 되지 못하는가"는 생명력을 얻지 못하는 시에 대한 질문이다. 화자에게 있어서 꽃은 작은 우주와 같은 존재이다. 시가 꽃과 같아야 성공하는데 그렇지 못한 것을 꽃과 비유하여 반성한다. 세 번이

나 반복되는 "나의 시, 왜 꽃이 되지 못하는가"는 치열성 부족에 대한 강조이다. '나의 시'는 '나의 삶'으로 읽을 수 있다. 중의적인 표현이다. 식물처럼 치열하게 꽃을 피우지 못한 자신의 삶에 대한 힐문이 계속된다.

때가 오면 우리는 꽃처럼 피어서 나부끼다가 져야 한다. 그러므로 꽃이 가지고 있는 강한 생의지를 닮을 필요가 있다. 꽃은 강하다. 꽃은 뜨거운 태양도 견디고, 거센 비바람도 견딘다. 자신의 목적을 한시도 잊지 않고 나부낀다. 꽃이 있는 곳이 어디든 꽃은 분명한 의미로 피어 있다. 꽃은 자신이 있는 자리를 탓하지 않는다. 오직 목적성으로 피어 홀로 생각에 잠길 뿐이다. 이것이 꽃 진 자리가 아름다운 이유이다. 그러므로 모든 고통을 이기고 꽃이 피듯 우리의 삶도 세상의 압박을 견뎌야 한다.

4. 던져진 삶의 무게

내가 그래도 계속 된다고 그런 면이짐작할 수 없다. 나를 지탱해주던 타자의 부재 앞에서 삶의 외연은 작아진다. 우리는 작아진 자신을 넘고자 종교 행위를 하고, 예술 행위를 한다. 그렇다면 지혜로운 삶을 얻을 수 있는가.

용궁사 입구 폿돌에
음각으로 새겨진 각하용覺何用 세 글자
깨우쳐 어디에 쓰시렵니까
그 의미 독파하려고
폿돌 가슴팍 밀고 들어가
희미한 빛으로 찬찬히 더듬어 보니
새겨진 문구
부처님 믿어 어디 쓰시렵니까
부자 되어 그 돈 어디 쓰시렵니까
촌철살인 한 구절
시를 써 어디 쓰시렵니까?
정곡을 찌르는 이 질문
부지불식 가슴 깊이 꽂혔다
화살 빼내려면
참구하고 또 참구하고 길소처럼
평생 짊어지고 다니며 되새김질해야 한다
　　　　　　　　　　—「각하용」 전문

알 수 없는 삶의 여정을 가는 우리는 난제를 풀고
자 다양한 노력을 한다. 근본적이고 디테일한 담론

은 "용궁사 입구 푯돌에/ 음각으로 새겨진 각하용 覺何用 세 글자"로 현실 세계와 접합된다. 삶의 난제를 풀고자 하는 욕구가 세 글자 속에 있다. 우리는 때로 어지러운 삶의 곡선 속에서 직선이라는 깨우침을 찾았다고 생각한다. 난제를 풀기 위해 고통스러운 동선을 파악한 끝에 얻은 결론이라 믿는다. 하지만, "깨우쳐 어디에 쓰시렵니까"라는 질문에 선뜻 답하기는 어렵다. 주체는 이처럼 단순한 질문에도 답하지 못한다. "깨우쳐 어디에 쓰시렵니까"의 질문이 너무 커서 답을 못하는 것일 수도 있겠다. 그러면 좀 더 현실적인 "부자 되어 그 돈 어디 쓰시렵니까"라는 질문에 답할 수 있는가. 역시 쉽지 않다. 우리는 '부자'에 대한 욕망이 크다. 부자가 되기 위해 얼마나 많이 자신을 혹사해 왔는가. 때로는 타자를 적으로 생각하고 전투적인 삶을 살지 않았는가. 그런데 무엇 때문에 부자에 대한 욕망을 갈망했는지 말하지 못한다. 이 단순한 질문 앞에 주체는 한없이 머뭇거릴 뿐이다.

누구에게나 삶의 무게는 감당하기 어렵다. 어지러운 곡선 위 아토포스에 던져진 삶이기 때문이다. 우리는 선형적이고 직선적인 삶을 꿈꾼다. 그러나 곡선은 선의 특성상 어지럽게 얽히다가 쉽게 끊긴다.

그러기에 주체는 지금 여기에서 끊임없이 질문한다. 질문은 우리 삶 속의 혈류를 따라 주저 없이 녹아든다. 알 수 없는 아토포스를 딛고.